GROSSER Asterix -BAND XX

Asterix auf KORSIKA

TEXT: GOSCINNY

ZEICHNUNGEN: UDERZO

DELTA VERLAG GMBH · STUTTGART

In folgenden Ländern erscheint **ASTERIX**
in der jeweiligen Landessprache:

AUSTRALIEN: Hodder Dargaud, 2 Apollo Place, Lane Cove, New South Wales 2066, Australien
BELGIEN: Dargaud Benelux, 3, rue Kindermans, 1050 Brüssel, Belgien
BRASILIEN: Record Distribuidora, Rua Argentina 171, 20921 Rio de Janeiro
BUNDESREPUBLIK DEUTSCHLAND: Delta Verlag GmbH, Postfach 1215, 7000 Stuttgart 1
DÄNEMARK: Gutenberghus Bladene, Vognmagergade 11, DK-1148 Kopenhagen k, Dänemark
FINNLAND: Sanoma Osakeyhtio, Ludviginkatu 2—10, 00130 Helsinki 13, Finnland
FRANKREICH: Dargaud Editeur S.A., 12, rue Blaise-Pascal, 92 201 Neuilly-sur-Seine
GROSSBRITANNIEN: Hodder Dargaud, Mill Road, Dunton Green, Sevenoaks, Kent TN13 2XX, England
HOLLAND: Dargaud Benelux, 3 rue Kindermans, 1050 Brüssel, Belgien
    Vertrieb: Van Ditmar b.v., Oostelijke Handelskade 11, 1019 BL Amsterdam
HONG KONG: Hodder Dargaud, c/o United Publishers Book Services, Stanhope House, 7th Floor,
    734 King's Road, Hongkong
INDIEN: Gowarsons Publishers Private Ltd. Gulab House, Mayapuri, Neu Delhi 110064, Indien
INDONESIEN: Penerbit Sinar Harapan, Jl. Dewi Sartika 136 D, PO Box 015 JNG, Djakarta, Indonesien
ISRAEL: Dahlia Pelled Publishers, 5 Hamekoubalim St., Herzeliah 46447
ITALIEN: Bonelli-Dargaud, Via M. Buonarroti 38, 20145 Mailand
JUGOSLAWIEN: Nip Forum, Vojvode Misica 1—3, 2100 Novi Sad, Jugoslawien
NEUSEELAND: Hodder Dargaud, PO Box 3858, Auckland 1, Neuseeland
NORWEGEN: A/S Hjemmet, Kristian IV, gate 13, Oslo 1, Norwegen
ÖSTERREICH Delta Verlag GmbH, Postfach 1215, 7000 Stuttgart 1
PORTUGAL: Meriberica, Av. Pedro Alvares Cabral 84-1° Dto, 1296 Lissabon
SCHWEDEN: Hemmets Journal Forlag, Fack, 20022 Malmö 3, Schweden
SCHWEIZ: Delta Verlag GmbH, Postfach 1215, 7000 Stuttgart 1
    Vertrieb: Interpress Dargaud S.A., En Boudron B, 1052 Le Mont/Lausanne, Schweiz
SPANIEN: Grijalbo-Dargaud, S.A., Deu y Mata 98—102, Barcelona 29, Spanien
SÜDAFRIKA: Hodder Dargaud, PO Box 32213, Braamfontein Centre, Braamfontein 2017, Johannesburg
SÜDAMERIKA: Grijalbo-Dargaud S.A., Deu y Mata 98—102, Barcelona 29, Spanien
TÜRKEI: Kervan Kitabcilik, Basin Sanayii ve Ticaret AS, Tercuman Tesisleri, Topkapi-Istanbul, Türkei
UNGARN: Nip Forum, Vojvode Misica 1 – 3, 2100 Novi Sad, Jugoslawien
USA + KANADA: Dargaud Publishing International Ltd., 2 Lafayette Court, Greenwhich, Conn. 06830, USA
RÖMISCHES REICH: Delta Verlag GmbH, Postfach 1215, 7000 Stuttgart 1 (Asterix latein)

Asterix experanto erscheint bei:
Delta Verlag GmbH, Postfach 1215, 7000 Stuttgart 1.

Verlag: DELTA Verlagsgesellschaft mit beschränkter Haftung.
Anschrift: Postfach 1215, 7 Stuttgart 1
Vertrieb: EHAPA VERLAG GMBH. Anschrift: Postfach 1215, 7 Stuttgart 1
Herausgeber: Adolf Kabatek
Übersetzung: Gudrun Penndorf M.A.
Redaktion: Roswith Krege-Mayer, Heidi Klauser-Hohberg
Druck: Ernst Klett Druckerei, Stuttgart

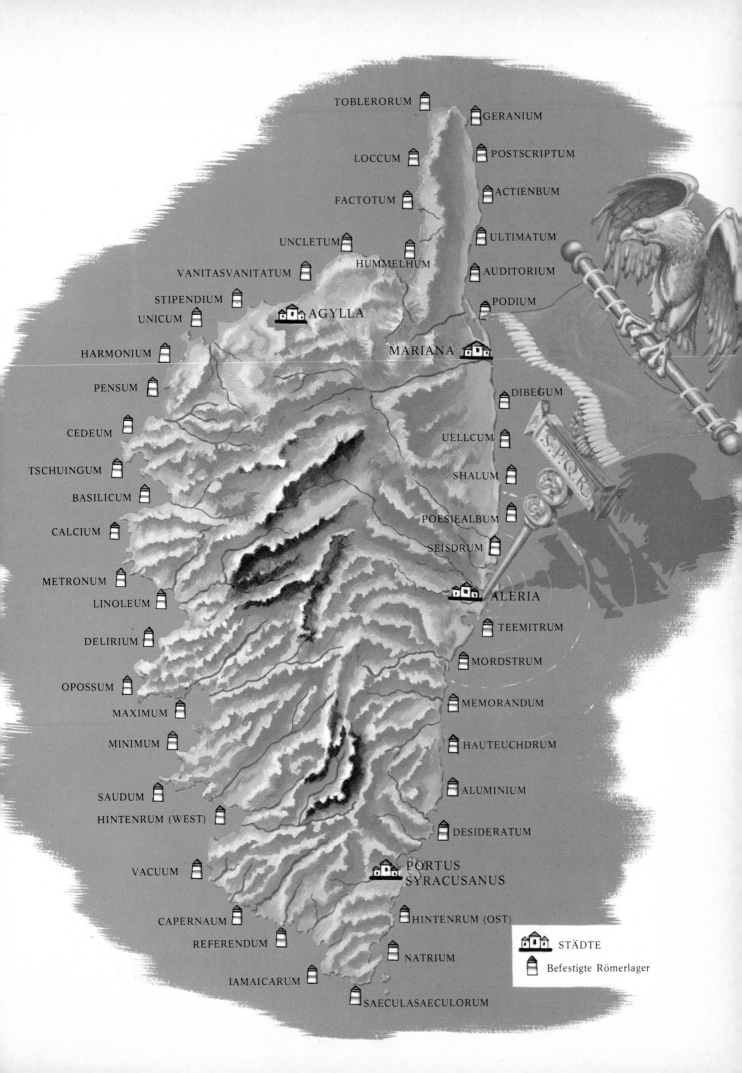

TOBLERORUM
GERANIUM
LOCCUM
POSTSCRIPTUM
FACTOTUM
ACTIENBUM
UNCLETUM
ULTIMATUM
VANITASVANITATUM
HUMMELHUM
AUDITORIUM
STIPENDIUM
PODIUM
UNICUM
AGYLLA
HARMONIUM
MARIANA
PENSUM
DIBEGUM
CEDEUM
UELLCUM
TSCHUINGUM
SHALUM
BASILICUM
POESIEALBUM
CALCIUM
SEISDRUM
METRONUM
LINOLEUM
ALERIA
DELIRIUM
TEEMITRUM
MORDSTRUM
OPOSSUM
MEMORANDUM
MAXIMUM
MINIMUM
HAUTEUCHDRUM
ALUMINIUM
SAUDUM
HINTENRUM (WEST)
DESIDERATUM
VACUUM
PORTUS
SYRACUSANUS
CAPERNAUM
HINTENRUM (OST)
REFERENDUM
NATRIUM
IAMAICARUM
SAECULASAECULORUM

STÄDTE
Befestigte Römerlager

ZUM GELEIT

Für den größten Teil der Menschheit ist Korsika die Heimat eines Kaisers, der ebensowenig aus der Geschichte wegzudenken ist wie unser alter Freund Julius Cäsar. Aber Korsika ist auch das Land, wo es Blutrache gibt, die Siesta, politische Intrigen, aromatischen Käse, wilde Schweine, Eßkastanien und alterslose Greise, die einfach nur zuschauen – die Greise nämlich –, wie die Zeit vergeht.

Korsika ist aber noch mehr. Es gehört zu den bevorzugten Fleckchen Erde, die Eigenart, ja sogar Persönlichkeit besitzen, denen weder die Zeit noch die Menschen etwas anhaben können. Korsika ist eine der bezauberndsten Gegenden der Welt und trägt zu Recht den Namen „Insel der Schönheit".

Aber wozu diese Einleitung, wird man sich fragen. Weil die Korsen, denen man nachsagt, sie seien Individualisten von überschäumendem Temperament, doch gleichzeitig beherrscht und gelassen in ihrem Gehabe, gastfreundlich, ihren Freunden treu, heimatverbunden, redegewandt und mutig, noch eine andere Eigenschaft haben:

Sie sind leicht beleidigt.   Die Autoren

* Lat.: alea iacta est: Der Würfel ist gefallen.

Im befestigten Römerlager Babaorum...

Also, alles fertig?

Wird aber auch Zeit! Dann vorwärts marsch! Aber leise, wenn ich bitten darf!

?

Kamerad, ich bin mit einem Auftrag unterwegs. Wir kommen von weit her. Ich bitte dich um Quartier für diese Nacht, bevor die Reise weitergeht!

Nun ja... äh... wir wollten gerade losziehen.

BONG!

Losziehen? Wer... wohin?

Äh, wir gehen alle weg. Zum Manöver, ins Hinterland.

Und das Lager ist dann leer? Ganz verlassen?

Nun... ja...

Gehn wir, Zenturio?

Worauf warten wir noch, beim Jupiter?

Es ist schon spät!

Ja, also dann, tut mir leid. Das nächste Mal meldet Euch vorher an. Ave! Gehn wir!

Niemand geht hier nirgendwo hin!

Ich reise im Sonderauftrag von Prätor Crassus Vampus, dem Gouverneur von Korsika! Ich verlange eine Erklärung für diese verdächtige Hast!

Wenn's Euch nichts ausmacht, Zenturio Parvulus, gehn wir schon voraus. Und Ihr kommt dann nach, ja?

Nein, o nein! Es macht mir was aus!

Kommt mit in mein Zelt... und ihr andern wartet auf mich. Es dauert nicht lang.

Heute ist doch der Jahrestag der Schlacht von Gergovia. Und zur Feier dieses Tages pflegen die Bewohner des benachbarten gallischen Dorfes alle umliegenden römischen Garnisonen zu überfallen.

Und das laßt ihr euch gefallen?

Aber natürlich nicht! Zur Abschreckung verlassen wir das Lager und ziehen ins Manöver!

Seid Ihr soweit, Zenturio Parvulus? Die Kameraden werden nämlich schon unruhig und...

Sind die denn tatsächlich so schlimm, die Gallier?

Is ja egal! Ich trage jedenfalls die Verantwortung für den Transport eines verbannten Korsen. Also bleibt er diese Nacht hier im Lager. Du und deine Garnison seid Cäsar gegenüber für den Mann verantwortlich. Ich hole ihn morgen früh wieder ab.

Morgen? Und wohin gehst du heute?

Zum Manöver, wohin denn sonst?

Aber... aber, das kannst du uns doch nicht antun! Die Gallier werden uns einzeln massakrieren! Und wenn sie erst sehen, daß wir einen Gefangenen hier haben, werden sie...

Führt den Verbannten vor!

Ave Kamerad! Und vergiß nicht, daß du Cäsar gegenüber die Verantwortung trägst!

In dem kleinen gallischen Dorf treffen die ersten Gäste ein...

Seewirt!

Ich hab' euch einen Schwyzerkäs mitgebracht!

Costa y Bravo!

Olé, Hombres, olé!

Iiiiiidefix!

Verratnix! Bist du extra aus Rom gekommen?

Ich wollte den Sound deiner Stimme mal wieder hören!

Teefax! Sebigbos! O'Fünfuhrteefix! Mac Teefürzweifix! Relax!

Ich sage, ist es nicht einfach wunderbar, zu begegnen uns wieder, Cousin Asterix?

Schönfix aus Lugdunum*! Kneipix aus Massilia**! Numalfix aus Gesocribate***!

Alkoholix, der Arverner!

Schalut! Isch bin aufrischtisch erfreut, disch wiederschuschehen!

Schieh an! Mei, dasch ischt aber ein schönes Schtöffsch'en, dasch!

Jaja, das ist unsere Seide von daheim, aus Lugdunum.

Da scheid ihr aber schu beneiden!

Hombre, ich koche nur mit Olivenöl!

Was tut Ihr sagen! Ich nehme nur kochendes Wasser. Ich finde, es gibt einen köstlichen Geschmack zu allem.

Den spinneten Römern haben wir's aber gegeben, was?

HAHAHAHA!

Und wie Ihr Euch damals in Genova im Schließfach der Bank versteckt habt!

*Lyon **Marseille ***Le Conquet

Waffenappell im Lager Babaorum...

Und dann sind da das große Monstrum und der kleine Bösewicht, randvoll mit Zaubertrank... wenn die sehen, daß wir einen Gefangenen haben, werden sie womöglich wütend!

KLACK KLACK KLACK KLACK KLACK KLACK KLACK KLACK KLACK KLACK KLACK

Hört bloß auf damit! Beim Jupiter, das ist zu blöd!

KLACK KLACK KLACK

Hör zu, ich nehm' dir die Ketten ab...

...und wenn sie dich erwischen, muß du ihnen sagen, versprich mir das, du bist von ganz allein entflohen... Frag mich bloß nicht, warum ich das mache!

KLICK!

Geh, du bist frei!

He, ich hab' gesagt, geh! Du bist frei!

Los jetzt! Steh auf und geh! Du bist frei!

Erst nach der Siesta!

Was heißt: nach der Siesta?

Es ist doch spät, Römer. Wenn ich nicht jetzt Siesta halte, komme ich vor dem Schlafengehen nicht mehr dazu! Läßt du mich jetzt in Ruhe, oder muß ich mich aufregen?

Gehst du jetzt oder nicht?

Sie kommen, o Zenturio Parvulus! Und bringen Freunde mit! Ihr könnt sie doch nicht gut warten lassen!

13

Wer bist denn du? Du bist kein Römer.

Ich spinne doch nicht, ich! Man hat mich verbannt. Für heute nacht bin ich als Gefangener in diesem Lager. Aber was den Schlaf angeht, scheint mein Begleitpersonal nicht die beste Wahl getroffen zu haben.

Ein Gefangener?

Ja. Aber ihr könnt uns deshalb nichts mehr tun! Wir sind schon am Boden zerstört! Diesmal haben wir euch aber reingelegt, was?

Wie heißt du? Warum wurdest du verbannt?

Ich heiße Osolemirnix und bin aus Korsika.

Was ist denn Korsika?

Korsika? Korsika ist der Alptraum der Römer! Kapiert, Dicker?

Ich bin nicht ein Dicker, und ich bin auch der Alptraum der Römer!

He du, du bist leicht beleidigt! Du gefällst mir!

Sei's drum. Also, Osoledir....

...Mirnix!

Entschuldige vielmals! Also, Osolemirnix, komm mit in unser Dorf und nimm an unserm Festmahl teil!

...da kannst du uns dann alles erzählen.

Idefix! Hierher!

HECHEL HECHEL HECH

14

*Damals Hauptexportartikel Korsikas.

Schön, einverstanden! Morgen früh brechen Asterix und Obelix mit dir nach Korsika auf. Nach ihrer Heimkehr werden sie uns über dein Land und eure Methoden berichten.

Am nächsten Morgen...

Es war einfach deliziös, sage ich.

Schenschationell!

Und die Wildschauen! Scho schaftig, alscho schagenhaft!

Und warum darf ich ihn nicht mitnehmen?

Das ist doch jedesmal dasselbe! Weil er zu klein ist, darum!

Wir suchen euch schon überall, Kinder! Es ist doch wohl besser, wenn ihr aufbrecht, bevor die Römer wieder da sind. Vergeßt nicht, daß unser korsischer Freund gesucht wird!

Grmblgnblmgnbl...

Gnagnagnagna. Gnagnagnagna.

Hier, da hast du auch eine Flasche mit Zaubertrank, Osolemirnix! Als kleines und sehr nützliches Geschenk zum Andenken an deinen Aufenthalt bei uns.

Da! Ich hab' für dich auch ein kleines und sehr nützliches Geschenk!

?

Ein kleiner Hund! Ich mag kleine Hunde!

So hab' ich weniger zu schleppen... Idefix ist in letzter Zeit ganz schön schwer geworden.

Und du, Obelix, bist ein ganz schön Schlauer!

Ja, so sind wir halt mal, Asterixocellix!

Im Hafen von Massilia...

Ich muß ein Schiff finden, das uns nach Korsika bringt. Ich hab' hier Freunde, die mir helfen. Aber es ist wohl am besten, wenn ich allein zu ihnen gehe.

Treffpunkt hier. In einer Stunde. Halt mir mal so lange den Hund, ich bin müde!

CAFE PANSCHNIX

Osolemirnix, ich werd' verrückt vor Freude!

Panschnix, dein Anblick macht mich jubeln!

Reseda, bring Wein und Wurst! Aber nicht von dem Zeug für Gäste!

Nachts dann...

Wer da?

Vienivienivieni!*

Ayayay... ihr könnt an Bord!

Komische Parole!

Stimmt!

Eure Kabine ist im Zwischendeck. Legt Euch schlafen! Wir legen sofort ab.

So, Jungs! Wir sind weit genug von der Küste weg. Gehn wir Tauben rupfen im Schiff...

Sie schlafen. Gut. Ausgez...

KÄPT'N! OH, KÄPT'N!

Was?

LEISE! SCHA...SCHA... SCHAUT NUR! DIE GA... DIE GAGA...

Gut, daß wir sie erkannt haben! Sie sind nicht aufgewacht. Ist doch schon was!

E''a'e humanum est!

*Italienisch: Kommkommkomm!

Am nächsten Morgen...

Niemand da! Das Schiff ist verlassen!

Pah, ist doch alles in Ordnung! Wie die Sonne steht, segeln wir in der richtigen Richtung.

Aber ich hab' Hunger!

Kommt mit! Panschnix hat mir einen korsischen Käse eingepackt, bei dem euch die Augen übergehen werden!

Da, riecht nur, Freunde!

Ich... ich muß mich hinlegen.

KLICK

AU WAUWAU

Bleibt doch! Dieser Duft...

HMMMM!

SCHNÜFF!

Dieser hauchzarte Duft nach Thymian und Mandeln, Feigen und Kastanien... und dieser Hauch von Kiefer, diese leichte Andeutung von Beifuß, diese Ahnung von Rosmarin und Lavendel... ach, meine Freunde, dieser Duft!

... das ist **Korsika!**

Korsika!

Die spinnen, die Korsen!

Ach was! Los, hinterher!

PLATSCH

PLATSCH

PLiiiTSCH

Riecht nur dieses Wasser! Schnuppert diesen Duft von Langusten, See-igeln und Heuschrecken-krebsen!

Ich finde eher, daß es nach Römern riecht... Ist das da drüben nicht ein befestigtes Lager?

Doch. Rings um die Insel gibt es solche Forts. Aber sowie die Römer ins Innere vorstoßen wollen, stoßen sie auf Schwierigkeiten.

Kein Grund zur Beunruhigung! Die Römer, die man zu uns schickt, sind fast lauter Waschlappen. Strafver-setzt. Nur in Aleria hat der Prätor ein paar Elitesoldaten.

Hast du gese-hen? Das müssen wir sofort dem Zenturio mel-den!

Jaaaa, wir dürfen keines-falls hierblei-ben.

Also auf, beeil dich!

Sachte, ganz saaaaachte!

Du bist neu hier, also sachte! Ich erklär's dir.

*Schuhwerk der römischen Soldaten

**Lat.: Glücklich, wer den Dingen auf den Grund sehen konnte.

Wir haben unsre Schuldigkeit getan, wir können gehn!

Gehn? Und das da alles?

Was das alles? Ein Schiff kommt an, drei Typen hüpfen ins Wasser, das Schiff ist leer, es explodiert, und andere Typen retten sich an Land.

Ganz banal, das alles! Da lohnt sich nicht mal ein Bericht.

Da hab' ich aber was dagegen, Zenturio! Wir müssen dem Prätor Crassus Vampus in Aleria Bescheid geben!

Beim Jupiter und beim Merkur! Willst du unbedingt Ärger? Bitte sehr! Ich gebe dir hiermit den Auftrag, diese Schwachköpfe nach Aleria zu führen!

Unterdessen...

Mein Dorf ist schon ganz nah.

Ist das einer aus deinem Dorf?

Das ist Pathologix, unser Druide. Er ist dabei, Misteln zu schneiden.

Auf diese Art schneidet er sie?

Aber ja doch. Er wartet, bis sie runterfallen.

TOCK TOCK TOCK

Ist das nicht der kleine Osolemirnix, der auf dem Kontinent gewesen ist?

Doch. Aber ich hab's ja gewußt, daß sie ihn nicht dabehalten würden.

Die andern sind aber nicht von hier. Guckt euch bloß den Hund mal an! Nicht viel größer als eine Drossel!

Typischer Hund mit zu wenig Schlaf!

Osolemirnix, unser Häuptling! Da bist du ja wieder!

Oh, schau mal da! Gezähmte Wildschweine!

Nein, das sind ungezähmte Hausschweine!

Sehr erfreut, dich zu sehen, Waggonlix!

Wenn ich denke, daß wir schon Wahlen abhalten wollten, um einen neuen Häuptling zu haben! Die Urnen sind bereits gefüllt.

Was? Die Urnen sind schon vor dem Wahltermin voll?

Natürlich. Aber wir werfen sie ins Meer, ohne sie geöffnet zu haben, und dann gewinnt der Stärkere. So ist es bei uns Brauch.

Ich stelle euch hiermit Asterix, Obelix und Idefix vor. Sie sind mitgekommen, um mal zu sehen, wie man bei uns mit den Römern umgeht.

Apropos, grad hab' ich eine Sau fertiggemacht! Kommt mit zum Essen!

KLACK
KLACK

Jetzt schau dir das an: kaum so groß wie eine Kastanie und frißt, als ging's um seine Siesta!

KRACKS
KNURPSEL

Also, wie ist die Lage?

Die Lagerschuppen von Aleria sind angefüllt mit Beute aus den Raubzügen vom Prätor Crassus Vampus. Wir haben nur noch wenig Zeit, er kehrt bald nach Rom zurück.

Warum greift ihr nicht sofort an?

Aleria ist gut befestigt. Wir müssen zunächst die Leute aus den anderen Dörfern zusammentrommeln. In dieser Angelegenheit war ich unterwegs, als ich im Dorf von Azurix geschnappt wurde.

KRRRICKS

Azurix?

Die Sippe von Azurix und meine sind verfeindet... Aber trotzdem hätte ich mir nicht träumen lassen, daß mich Azurix an die Römer verkaufen würde!

Es ist überhaupt nicht erwiesen, daß er's getan hat!

Die Azurix-Bande ist zu allem fähig!

Warum sind die denn verfeindet?

Das weiß keiner mehr so genau...

Die Alten erzählen, daß der Großonkel von Osolemirnix ein Mädchen aus der Sippe von Psychotherapix geheiratet hat, in das jedoch ein angeheirateter Vetter des Großvaters von Azurix verliebt gewesen sein soll...

Andere wieder behaupten, es sei wegen einem Esel, den der Urgroßvater von Azurix dem Schwager des Busenfreundes von Osolemirnix nicht bezahlen wollte, weil er angeblich hinkte (der Esel, nicht der Schwager des Busenfreundes von Osolemirnix)...

...jedenfalls ist die Sache ungeheuer ernst.

TOCK
TOCK
TOCK

?

Aleria...

Ein Legionär verlangt dich zu sprechen, Prätor Crassus Vampus. Er betont, wichtige Informationen zu besitzen!

Soll reinkommen!

Ave Prätor! Dieser Mann da hat dir was zu sagen.

Ich bin ein ehrbarer Seemann, der die Route Massilia-Korsika befährt.

KLACK KLACK

Und ich habe drei Passagiere gehabt, die urplötzlich verschwunden sind, nachdem sie mein Schiff mit einem furchtbar stinkenden Käse in die Luft gesprengt hatten.

War das ein korsischer Käse?

Jedenfalls war ein Passagier Korse... Er wurde Osoledirnix genannt.

Mirnix!?

Ja, richtig, nicht Dirnix, sondern Mirnix. Bei ihm waren zwei Gallier, regelrechte Schrecken der Meere!

Wo sind die hin?

Ich hab' gesehen, wie sie ins Landesinnere vorgedrungen sind, Richtung Gebirge. Wenn diese Leute vogelfrei sind, bitte ich um die Ehre, an der Jagd teilnehmen zu dürfen!

Vogelfrei? Osolemirnix ist der allerschlimmste aller Banditen. Er will die Abgaben an Cäsar stehlen! Ich habe den Kerl verbannt... wir müssen ihn zu fassen kriegen!

Prätor, ich fasse ihn, den Osoledirnix!

BONG!

Mirnix!

27

Du bist neu hier...

Ja, ich hab' mich freiwillig nach Korsika gemeldet. Weil ich dachte, hier wird man schneller befördert.

Ist auch so. Hiermit ernenne ich dich zum Anführer der Patrouille, die den Banditen suchen geht. Sein Dorf ist das erste in dem kleinen Tal im Westen. Immer rechts halten!

Ich brauche aber noch ein paar Leute!

Kein Problem... Trompeter, blas zum Essenfassen!

?

TRARiiiiii TRARAAAAAA TRARiiiiii

Bestens! Die ersten zehn als Freiwillige auf die Suche nach Osolemirnix!

Glaubst du mir jetzt, du Trottel? Ich sagte dir doch, daß wir grade erst vom Essen aufgestanden sind!

Du hattest recht. Ich hab' noch nicht mal ausgekaut!

Ich bringe den Banditen her, mein Prätor! Ave!

KLACK KLACK

Vorwärts, Kameraden!

Ich glaub ja nicht, daß du ihn anbringen wirst, armer Irrer... Aber die Beute muß ich dringend in Sicherheit bringen!

Cäsar hat mich vorgewarnt... Wenn ich nicht genügend Beute nach Rom bringe, schickt er mich nach Gallien... Da soll ein Dorf sein, wo sie noch schlimmer als die Korsen sind. Außerdem gibt's da nur Fisch...

... der auch nicht immer frisch ist, wie man erzählt.

at.: Feldwebel

Ave!

Im Namen des Prätors Crassus Vampus, des Stellvertreters Julius Cäsars auf Korsika, muß ich eine Haussuchung machen!

Geh zurück ins Haus, Marmelada!

!

Ja...also...ich sagte ave und daß ich im Namen von Prätor Crassus Vampus, Stellvertreters Julius Cäsars auf Korsika grmm pflllll...

27A

GLÜPP

Du hast meine Schwester angesprochen.

Ach... ich wußte nicht...

Ich mag es nicht, daß man meine Schwester anspricht!

KLACK KLACK

Au, jetzt wird's heiter, Kameraden!

27B

Wir gehen zurück, erstatten dem Prätor Bericht und kehren mit Verstärkung zur Festnahme der Banditen wieder!

Du bist ja so blöd! Wir müssen doch zuerst mal den Weg zurückfinden!

Wir fassen uns an den Händen, Kinder!

Beim Jupiter! Hier wimmelt's ja nur so von Schweinen!

Eine Römerstraße! Ein Kaiserreich für eine Römerstraße!

Auf der Höhe des Gebirges...

Ach was! Wenn du auch welche gesammelt hättest, brauchte ich dir keine von meinen zu leihen!

Naschkatze!

Wir stellen uns in dieser Höhle unter.

Jetzt müssen wir nur noch auf die Vertreter der anderen Sippen warten, damit wir den Angriff auf Aleria organisieren können! Die aus meinem Dorf benachrichtigen sie.

Hoffen wir, daß der Prätor nicht in der Zwischenzeit seine Beute in Sicherheit bringt!

MJAMMM! KNURPS!

Feststeht, daß Idefix und ich die Büsche mögen! Die sind voller Schweine und Römer!

Im Büro das Prätors in Aleria...

Die Tatsache, daß du der einzige Legionär aus Korsika bist, empfiehlt dich für diese heikle Mission. Wenn du deine Sache gut machst, Salamix, wirst du's nicht zu bereuen haben!

Oh, oh, oh ja!

34

Die Korsen werden Aleria angreifen, um die Lagerhäuser zu plündern...

Oh, oh ja?

Also, aber ganz unter uns, du wirst alles aus den Schuppen abtransportieren und auf die große Galeere verfrachten, die im Hafen liegt...

Die große Galeere? Oh, oh ja!

Du wirst die korsischen Gefangenen zu Hilfe nehmen, die die Römerstraße bauen...

Die Römerstraße? Oh, oh ja!

Zum Lohn für ihre Arbeit werden die Gefangenen freigelassen. Aber Achtung! Die Garnison darf davon nichts spitzkriegen!

Oh, oh nein?

Nein! Denn sowie das Schiff voll ist, gehen wir an Bord und verlassen Korsika. Die Garnison kann dann die leeren Depots verteidigen, hähähä!

Hähähä!

Es muß die ganze Nacht durchgearbeitet werden, verstanden?

Oh, oh äh?

O nein, o nein, o nein!

Also gut. Gehorch mir, und dann wirst du mit mir nach Rom fahren. Dort bekommst du Geld und Ehre!

Oh, oh ja?

Auf der Großbaustelle. Die Römerstraße soll einmal Aleria und Mariana verbinden. Gesamte Bauzeit bisher drei Jahre...

Hallo, ich hab' Arbeit für euch!

Du bist nicht nur abtrünnig, du bist auch großmäulig!

Nachts, an Bord einer Galeere im Hafen von Aleria...

...und sobald das Schiff geladen hat, nimmst du Kurs auf Rom! Ich werde an Bord sein, ebenso Salamix, den wir während der Überfahrt verschwinden lassen...

Das muß alles heute nacht passieren... die Garnison darf nicht wissen, daß ich verschwinde... Sie wird kämpfen. Und mir so die Flucht ermöglichen.

Also, es ist richtig versprochen? Hinterher gebt Ihr uns das Schiff und schenkt uns die Freiheit?

Wie kommst du überhaupt dazu, an meiner Redlichkeit zu zweifeln?

Unterdessen...

So...also... an die Arbeit! Das hier muß alles auf die Galeere geschafft werden!

Zwanzig Minuten später...

Wo stell' ich das hin?

Aber in diesem Tempo dauert das ja Jahre! Und wegen der Garnison müssen wir die Arbeit bei Tagesbeginn unterbrechen.

Nur nicht hetzen, Kinder! Wie ihr hört, haben wir Jahre zur Verfügung, um die Arbeit zu machen. Und am Tag darf gar nichts getan werden!

Ich hab' einen Vetter, der auch so einen Job hat. Bei der Verwaltung in Massilia.

37

Ha, da kommen sie endlich!

Diesen Jungs geht einfach jeder Sinn für Pünktlichkeit ab!

Ist das nicht der kleine Salamix, der vor den anderen herstürmt?

O doch! Ich hab' den Eindruck, daß er immer noch nichts im Kopf hat!

ZACK!

!?

WWWWUMMM

Wie...wo...was bin ich?

Du bist ein Abtrünniger!

Ein Abtrünniger? Ich? Sag das nochmal!

Haut euch nachher! Die Schlacht geht vor!

Schlacht? Wer gegen wen?

Wir gegen die Römer natürlich!

Gegen die Römer? Zum Angriff!

38

42

...denn die Römer zu schlagen, ist nichts Besonderes. Aber zwei Sippen miteinander zu versöhnen, das ist wunderbar!

Diese unnötigen, ewigen Streitereien wird es auf Korsika nicht mehr geben!

Na um so besser... Und nun, Osolemirnix, machen wir uns auf den Heimweg.

Was für ein Geschenk würdet ihr gern als Andenken nehmen?

Diesen entzückenden kleinen Hund bitte!

Vetter Allestrix und ich wüßten gar zu gern, wo dein Vetter Galgenstrix ist. Wir haben mit ihm zu reden...

Sag' ich nicht, Habenix!

Das wird dir noch leid- tun, Azurix!

He, Azurix!

?

Bleibt noch anzumerken, daß infolge dieser reichlich ver- wickelten Angelegenheit einer der Nachfahren der Sippe Azurix letztes Jahr von der korsischen Gendarmerie gefaßt wurde. Er hatte sich im Strauchwerk hinter einem Motel versteckt...

43

Sie sind da! Sie sind wieder da!

Na, Kinder, war's schön da unten?

Doch, sehr schön. Da gibt's einfach alles: Berge, Wälder, Wildbäche, Büsche...

Und seit unserem Aufenthalt auch ein paar sehenswerte römische Ruinen!

Und außerdem gab es dort eine Menge sympathischer Schweine. Idefix hat übrigens viele Freundschaften geschlossen.

Stimmt doch, Idefix?

Wie immer liefert die Rückkehr unserer Freunde auch diesmal den Anlaß für ein wunderbares Gelage unter den Sternen... Bei näherem Hinsehen kann man feststellen, daß jede ihrer Expeditionen eine Bereicherung bringt, da sich die Reisenden ja jedesmal einige der angenehmsten Bräuche des Gastlandes zu eigen machen...

ENDE DER GESCHICHTE

UDERZO & GOSCINNY

4.73

BSSSSS!

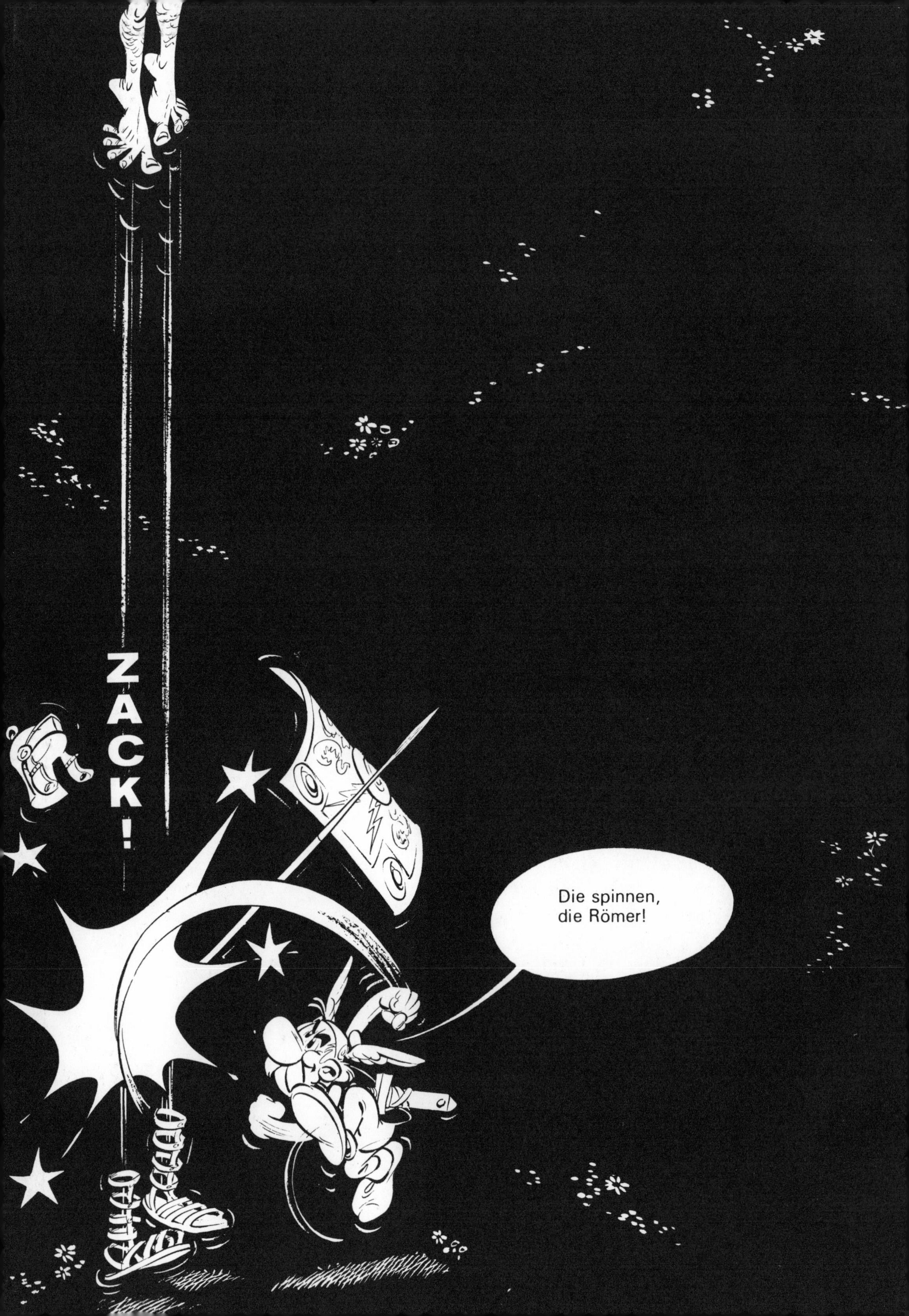
ZACK!
Die spinnen,
die Römer!